푸른사상 시선 180

달이 파먹다 남긴 밤은 캄캄하다

푸른사상 시선 180

달이 파먹다 남긴 밤은 캄캄하다

인쇄 · 2023년 8월 14일 | 발행 · 2023년 8월 21일

지은이 · 조미희
펴낸이 · 한봉숙
펴낸곳 · 푸른사상사

주간 · 맹문재 | 편집 · 지순이, 김수란, 노현정 | 마케팅 · 한정규
등록 · 1999년 7월 8일 제2-2876호
주소 · 경기도 파주시 회동길 337-16(서패동 470-6) 푸른사상사
대표전화 · 031) 955-9111(2) | 팩시밀리 · 031) 955-9114
이메일 · prun21c@hanmail.net
홈페이지 · http://www.prun21c.com

ISBN 979-11-308-2081-1   03810
값 12,000원

푸른사상
시선

180

달이 파먹다 남긴
밤은 캄캄하다

조미희 시집

푸른사상
PRUNSASANG

너무 빨라서 따라갈 수 없는 세상 속에서
슬픔은 매일매일 커지는데
세상 살아가는 방법을 이렇게 살아냈어도 모르겠다.
슬픔을 어떻게 표현해야 할지,
슬픈 사람을 어떻게 대해야 할지,
슬픔을 대하는 태도를 모르겠다.

사라져가는 마음과
사라져가는 사람들과 사라져가는 풍경들을
기억하고 싶다.

그래서 밥도 되지 않는 시를 쓴다.

2023년 여름
조미희

| 차례 |

■ 시인의 말

제1부　혼자 앉아 있는 사람

제2부 눈사람

제3부　행복을 찾아서

제4부   수국 지는 오후

제1부

혼자 앉아 있는 사람

드림캐처

애야 장마의 날들이 찾아와도 조금 게으른 노래를 부르렴
앞서 걷는 발이 너의 떨어진 운동화 콧잔등을 바라보지
않았으면 좋겠다

피리 부는 자는 악몽을 끌고 고원을 넘어라
아이들 창에 스테인드글라스 빛깔로 예쁜 아침이 찾아오게

옥상 빨래가 비에 젖는다 한들 어떠리
햇살은 곧 풍성하게 줄 위에서 물구나무를 설 텐데
이오니아식으로 걸음을 옮기는 너의 하루를 찬미한다
너의 심장은 에게해 푸른 물결로 뛰는구나
아무도 너의 꿈이 춤추는 걸 방해하지 않게

창가에 나를 걸어둘게

내 이를 물고 간 새는

일곱 살 내 이를 물고 간 새는
빠진 이들은 어디서 큰 입이 되어 있을까
깨금발을 딛고 이를 던졌던 파란 지붕은
비만 오면 두두두 부딪치는
이빨이 되곤 했지

간지럽던 이, 하나둘 치통으로 돌아오고
이빨 속엔 지붕에 부딪히던 빗소리가 들어 있는 것이 분
명하네
부풀어 오르는 지붕을 향해 알약을 던지네
오래 앓다 보면 때론 아픔도 궁금해져 기다리기도 하는데
어금니보다 더 안쪽 어디쯤에서
집을 짓고 밭을 경작하고 있는 것은 아닐까
어느 집 처마 밑으로 똑똑 떨어지는 빗물은 아닐까

이가 흔들리면 아버지를 피해 도망 다녔지
애야 저기 새를 보렴,
네 빠진 이를 가져가려고 기다리고 있잖니

입을 크게 벌리고 있으면
질끈 눈 감은 이를 물고 날아간단다

가끔 지붕 위로 새가 날아오네
이제 지붕에 던져줄 유년은 없다
마지막 유치와 소꿉놀이의 신나던 입맛과
근심 없던 고무줄놀이를
한아름 던져주던 날 언제였더라

집집의 불빛 하나둘 빠지는 자정
근심 없는 창문 하나 떼어 와
마지막 유치로 끼워 넣고 싶은 밤

새가 창을 깨고 멀리 아이를 데려가네

우리, 가깝고도 먼

세상에는 다양한 우리들의 규정이 있네
동그란 우리 네모난 우리 찌그러진 우리
오륜 마크처럼 조금씩 발 담근 교집합의 우리

우리는 꽃밭처럼 향기롭고
폭탄처럼 무섭네

흩어져 있는 잡담과 과도한 뒷담화의
다발이 물웅덩이에서 썩어갈 때
우리는 깊이깊이 계면쩍은 사람
생몰 연도를 모르는 멸종동물처럼
기착지와 기착지로 떠도는 새 떼처럼
가깝고도 먼 우리들

꽃밭에 갔다가
우리라는 온갖 도형적 인간들을 만났네
두 손을 모으고 손톱을 만지작거리며
우리로의 진입을 넘보곤 했네

모든 전쟁은 우리끼리 하네
저쪽의 우리와 이쪽의 우리,
우리라는 말,
진영을 바꾸어가면서 얼마나 친절한 유대감인가
하지만, 가해와 박해 학살자까지도
우리라는 동그라미 속에 존재한다네

우리는 아름답고 추해서
우리를 무너트리고 또 건설하는 실수를 저지르네
나와 당신은 늘 가깝고도 먼 우리일 것이네

혼자 앉아 있는 사람

카페에 왔어요 혼자서
종종 있는 일이죠
카페는 숨기 좋은 장소

오후의 티타임 여자들이 웃어요
라떼 거품처럼 부드럽게
당신의 윗입술에 묻은 보일 듯 말 듯한 먹구름이
웃음소리 안으로 사라지는 기분이에요

좋아요
당신의 시간과 나의 시간이
겹치는 곳
상관없잖아요
오늘 내게 어떤 날씨가 쏟아졌는지
어제는 무얼 잃어버렸는지

사람들이 커피를 마시는 이유
혀끝에 쓰디쓴 인생이 흐르기 때문일까요
쓴맛 뒤에 오는 수만 가지 쓴맛들의 오묘한 조화

이것이 인생이죠

마치 처음 인생의 맛을 발견한 개척자처럼
커피 속으로 빨려들지요
쓴맛이 단 한 가지가 아니라는 사실에 새삼 웃지요

이상하죠
이렇게 앉아 있으면 외로움이 도망가요
당신의 말소리를 좇다가
문득 창밖으로 슬쩍 뛰어내려도 괜찮으니까요

걱정 마요
당신과 아무 상관 없으니까요
끼어들지 않을 거예요
오래 혼자 앉아 있다 보니
언제든 단단해질 수 있어요

고개를 살짝 반대 방향으로 돌리면
우리는 서로 다른 세계에 있지요

사라지는 동네

나는 동네의 끝에서 예민하고 섬세한 속눈썹들을 바라본다
높은 곳에서만 볼 수 있는 것들이 있으므로

지붕, 지붕, 네모, 네모,
아주 오래전에는 이 지구가 네모라고 믿었던 때처럼,
나는 저 지붕들을 동네의 속눈썹이라 부른다 바람이 몰려
올 때마다 파르르 떨리는 가난한 살림처럼

어쩌면 이곳의 오래전 모습은 수풀이 무성하고 늘대와 호
랑이와 곰들이 어슬렁거렸을 거다
산등성 붉게 물든 노을 아래서 호랑이나 늘대 같은 용맹
스러운 짐승들이 마지막 저녁 식사를 마치고
시대의 뒤안길로 서서히 사라져갔을 해 질 녘을 생각해
본다

해가 지나면 그런 용맹스러운 짐승들처럼 동네는 시대의
뒷문으로 흔적 없이 사라지리라

사실 겁 많은 사람들이 호랑이와 늘대와 곰이 되어 두려

움을 숨기고 살아남았던 곳,
　내 어버이의 어버이들이 자신의 초라한 몰락을 숨기며 살
았던,
　하나둘 부모가 사라지고 아이들이 부모가 되었던 곳,
　저물녘 고단한 그림자를 조심스레 벗어둔 골목

　모든 것을 지켜보았을 지붕의 시간

　도시는 꿈을 좇지 않고 피곤한 선잠을 잔다
　우리는 설화와 구전의 과거를 잃어버린다
　아무도 지붕에 오르지 않고 더는 지붕이 속눈썹이라는 소
리에 귀 기울이지 않는다

　속눈썹 서서히 무너지는 소리,

거울이 깨지고 그 틈에서 우리가 자랐다

우리는 같은 진입로를 향하고 있었다
서로의 감정이 조금씩 비껴가고
가까워지거나 멀어졌는데
눈치채지 못했다
사람의 마음이 몸과 다르게 흘러간다는 걸

우리가 함께 손잡고 걸어가고 싶던 장소는 분명 리스본의
주황색 지붕 아래였다
왜곡은 종종 우리의 거리를 멀게 한다
너는 블라디보스토크의 밤에 앉아 보드카를 마시고 있다
우리는 두 갈래의 오솔길처럼 걸었다

나는 리스본에서 페이스트리를 사 들고 제로니무스 수도
원을 향한다
페이스트리는 겹겹의 표정으로 발효를 끝내고 모든 언어
는 묵언에 든다
보드카의 밤과 페이스트리의 정오가 바스러진다

우리의 순간들이 서로의 손톱을 어루만지다 가벼운 상처

로 붉은 꽃이 피고
   꽃잎 사이로 악담이 몰려온다
   꽃이 다 깨질 때까지 우리는 좀 더 피 흘리기로 한다

   조금씩 금이 가고 어떤 틈 속에서는 다행히도 무언가 자
란다

달과 여자와 맨드라미

달이 제 몸을 적셔 불을 밝힌다, 맨드라미 얼굴 속으로 하나둘 친근한 사람들의 목소리가 사그라든다

꽃밭 옆을 지날 때 떨어트린 발자국들, 그 뒤로 꽃들이 범람했다 발가락처럼 꽃봉오리가 꼼지락거리며 달을 밀고 있었다.
화단이 붙잡고 있는 꽃들이 와장창 깨진다 여자의 깨진 치맛자락이 달빛에 스민다

차고 뜨거운 경계를 맨드라미와 치열의 국경이라 부르고 달의 후면 같은 얼굴로 살아야 했다

여자는 붉은 꽃잎을 달빛에 휘휘 헹구며 한 마리 사슴처럼 가계(家系)의 구석구석을 뛰었다
구차하고 우중충한 살림들, 달덩이처럼 닦아놓은 그릇 안으로 낯선 조상들은 성실하게 수저를 들 것이다

기쁨이란 가족의 머릿수를 지키는 시간이라고 오래된 족

보의 낡은 쪽수에 희끄무레한 새벽 두 손을 바쳤다

  드문드문 붉은 것들이 몸으로 찾아온 날 얼굴이 뜨거워 찬물로 세수를 했다

  꽃들이 붉은색을 붙잡고 영원을 이야기할 때 색을 훔치는 바람과 햇빛과 계절이 한통속처럼 다정했다

  달은 시간의 그물을 짜고 시간은 그물 사이로 찬란한 색을 흘려보낸다

  달그림자 밑에는 주름 같은 수만 갈래 수로가 있다는데 어쩌나, 한 겹 두 겹 마음을 접어 말아도 눈가의 개울은 저절로 북풍을 맞는다

  여자는 달이 짜놓은 길을 따라 걷다가 천천히 창문의 커튼을 닫는다 맨드라미가 잠든 밤이다

목련여관

목련꽃 진 자리 전쟁터 같아서
얼굴을 돌렸네

그해 남자는 목련에 세 들었지
꽤 우울했지만,
목련은 남자의 심정과는 다르게 활짝 웃었어
찌그러진 남자의 자존심으로 목련은 폈네
아이들의 얼굴에 화색이 돌 때 남자의 얼굴은 창백해졌지
지킬 게 많아
어깨에 힘이 잔뜩 들어간 거지
가난은 목련꽃 흰 빛처럼 맑아 쉽게 들키네

저 흰빛이 다 타들어가기 전까지만 버텨보자고
주먹을 꼭 쥐었지
만발한 목련들이 뚝뚝 지면
수치로 얼룩진 길들이 따라붙어 뒤돌아보지 않았네

손가락이 커지고
목련 이파리 속에 모여 앉은 아이들

비좁은 방을 밝히는데
남자는 문밖 손잡이를 쥐고 생각에 잠기네
여관 너머 전셋집 잔금은 언제 구하나

꿈이 커서 가난한 남자는 시들어가네
목련 안에 갇힌 남자 목련 너머를 꿈꾸지만
목련은 남자의 온 생을 덮치고
시간은 목련을 지나 목련여관을 허물고
남자는 목련 속으로 사라졌네

가장들의 넥타이가 목련나무에 매달린 봄이 또 찾아오고
아이들은 목련 안에 가득 차고
손가락 길이가 나뭇가지처럼 커지면
그 남자처럼 사라지는 시간

목련이 필 때마다 목련 속 아이들이 우네
그리움은 환상통처럼 자꾸 더듬어지는 것
목련나무에 꽃들이 인화된 사진처럼 선명하네

당신은 앞에 서 있고 나는 뒤에서 자주 운다

이제 갓 꺼내
상처에 두르는 붕대의 흰 지루함같이

오늘은 내내 아플 것 같아
생강차의 매운 시간을 우린다

창밖으로 골목이 보이고
세 시 방향의 언덕
채소를 가득 실은 트럭이
집집의 문을 두드린다

아는 사람만 아는 상인은
여름이 너무 빠르다며
이마의 땀을 옷소매로 훔친다

때 이른 더위로 생수가 잘 팔리겠다

나는 목에 스카프를 두르고

생강차를 마신다
창 안과 창밖의 온도가 다른 데는
내 허약함 때문이다

밤에는 양말을 신고 잠을 청했다
여름이라도 추운 사람이 있다는 걸 알았다

당신은 앞에 있고
나는 뒤에서 자주 운다

아픈 곳을 보여주기 싫을 때가 있듯
가끔은 무심함을 가장하는 하루가 생긴다

미역국 먹는 아침

탯줄 잘리는 소리와
바싹 마른 미역 부서지는 소리가 겹친다
분주하게 국이 끓고
나의 바다와 나의 파도를 그때 처음 들었다

아버지의 활발한 동맥들이 동맹을 맺는다
휘휘 검은 줄기들을 저으며
전투의 마음으로
자식의 발목이 세상의 검은 것들로부터
쑥쑥 빠져나가기를, 빠져나오기를 바라며

알 것 같다
빠져나올 때 몰랐던 치열함을
빠져나가라고 힘주며 안다
오래전에 잘린
태가 아직 따뜻하다

사방은 불균형적이다
그 공간들이 정상적이 될 때까지

무중력이다

불균형을 낳아놓고
무념의 눈동자를 위해
알 수 없는 사물들의
친근한 표정을 부탁한다

방 안은 온통 해초류의 미끈거림으로 가득하다
엄마가 바다를 꾸역꾸역 삼킨다
이 위험한 바다를 어미가 다 마셔주겠다는 표정으로
그러나 바다는 깊이를 알 수 없는 출렁임으로
방 안 가득 엉킨 두 산고의 비린내를 품고 있다

세상은 다면성으로 거대하게 열리고
아이는 첫울음으로 닻을 올린다

아이가 고요한 잠을 잔다
나는 세상의 덜컹거리는 것들을 꽉 쥔다

시간을 휘젓는 숟가락이 있어

그릇을 부딪는 숟가락의 소리는
천사의 나팔 같네

불타오르는 노을 속으로 하루살이가 범람하네
동쪽을 끌고 건너간 발들이 서쪽 구름에 피 묻은 발을
씻네
두 손으로 사기그릇을 감싸면
먼 데 북극이 손안으로 몰려와
손금 위로 흰 눈이 내리고 백곰 한 마리 걸어오네

북극곰이 물개를 잡아먹는 풍경은
마치 모닥불 같아,
열다섯 3교시 화장실에서 처음 본 딸기 덤불 같아,
저 붉은 그릇을 싹싹 비우고 난 다음
곰은 또 얼마나 굶을 것인가

굶주림이 싹싹 핥아 치우는
우주의 그릇

큰 그릇
작은 한 끼니

시간은 물렁한가 단단한가
의문투성이를 안고 뛰어드네
녹아내리는 빙하들, 유빙을 따라 어긋난 시간이 흐르네

인간은 계산하고
알 수 없는 답으로 고민하는 동안
우주는 한 그릇에 담긴 시간을 방임하고 있네

해변에 두고 왔다

파도가 계속 부딪치며 생각을 쪼갠다
그는 시린 손으로 셔터를 누른다

바다라는 자연은 모두 비슷한 프레임 같은데 수평선을 넘
어오는 파도는 저렇게 다양하고 싱싱해

그는 더 이상 나를 찍지 않는다

우리의 사이에 갓 잡은 활어가 얌전히 놓여 있다
곧 저것도 신선함을 잃고 자신의 날카로운 지느러미가 썩
어간다는 걸 알아채겠지

겨울 바다에 몇몇 청춘들, 영하의 기온을 가르며 뛰고 사
진 찍으며 추위를 카드놀이처럼 뒤집는다
수없이 찍힌 발자국 속에 발목을 남겨놓고 어느 먼 시간
뒤 모래사장을 뒤지다 자신의 반짝이는 발톱 하나를 쓸쓸히
발견하겠지

횟집 지붕 위로 석양이 녹아내린다 보글보글 매운탕이 끓

고 말수가 줄어든 노년 부부가 무심히 서로의 그릇에 붉디
붉은 지는 해 한 덩어리 담아준다

이제 뒤돌아볼 세월이 생겼다며 붉게 스며든 시간을 떠먹
는다

벚나무 밑 의자

이제 나의 전성시대는 끝났다
한 평 그늘을 드리운 벚나무 밑의
어리둥절한 며칠,
언젠간 나의 다정한 주인이 반려견 복실이를 안아주는 것
처럼
나를 데려갈 줄 알았다

바람이 앉았다 가고 구름이 누웠다 갔다
아이가 뛰어올라 나뭇가지를 흔들었다
허름한 중년 남자가 앉아 피우던 담배 연기가 먼 하늘을
바라봤다
나도 그와 똑같은 표정이 됐다

닳은 모서리 가운데로 연분홍 꽃잎들이
한 잎 두 잎 쌓여서 봄밤의 외로움이 서운하지 않다
늦은 밤까지 폐지를 줍던 노파가 시큼한 엉덩이를 얹었다.
기분이 좋아진다

나사들이 하나둘 내 몸을 빠져나간다

나의 형태가 분리되고 있다

꽃잎도 가지에서 분리되고 있다
반쪽짜리 달이 봄을 감고 있다

전성시대가 가고 있다

옥수수가 자란다

들판에 이빨이 돋아난다
자라는 것들이 태양을 삼키고 무쇠처럼 강해지는 계절,
늘어진 개 혓바닥 사이 송곳니가 옥수수밭 밖으로 걸어
나오는 안데스산맥의 바람을 와자작 씹는다

어미의 젖꼭지를 질끈 무는 아이는 이제 어떤 씨름판에서
도 지지 않을 것이다

높은 곳을 향해 함성처럼 빠진 이를 던지고 구멍 난 소원
을 빌어본다
부러지지 않는 희망을 달라고,
세상에 부러지지 않는 희망이 있을까
들판에 무성하게 희망이 자라고 기차가 계속해서 빈곤을
메아리로 던져놓는 여름,
제물 대신 이를 던져주고 이름을 지키며 살았으니,
옥수수수염이 다 새도록 청빈함이 재산이 된
초로의 노인이 옥수수를 수확한다

자신이 던진 함정에서 와르르 이빨들이 쏟아진다

제2부

눈사람

서울특별시
― 빛과 그늘

    도시는 고층 빌딩 그림자 속에 찌그러진 사람들을 숨겨놓고 풍요롭다 리듬을 깨지 않기 위해 KTX처럼 재개발이 지나가고 빌딩숲은 풍경같이 잔잔하게 그늘을 만든다 빌딩 주변에는 커피 향과 치맥의 낭만으로 노을과 가로등이 소비되고 오렌지빛 가로등들은 문명인의 눈에 욕망으로 빠르게 이식된다

    집이 헐릴 때 바닥에 깔리지 않으려고 높은 곳으로 오른다 나무들이 벼랑에서 산봉우리를 부여잡는 것처럼 악력을 키우지 않으면 산을 놓치고 자신을 놓칠까 봐 제 피와 살을 화력으로 고층에 집을 구한 청년은 제 몸에 파란 물감을 칠하고 매일 나는 꿈을 꾼다

    빌딩 뒤쪽, 마을버스를 타고 등 굽은 그림자 높은 곳으로 간다 점차 멀어지는 빌딩들, 덫에 걸려 절뚝거리는 그림자 상처를 핥으며 컴컴한 굴속 제 보금자리, 깊고 고요함 안으로 몸을 뉜다

    특별시의 밤이 반인반수의 얼굴로 늙어간다

어려운 문제

우리는 서로에게 미적분 같다

에티오피아 커피의 풍요로운 크레마
버블 경제의 늪처럼
하얗게 드러나는 건치의 슬픈 미소들

창밖의 세상은 미세하게 흔들린다
평범을 위장한 햇살과
우연을 베낀 빗줄기
일기예보의 지나친 허풍까지

세련을 가장한 하루치의 행복이라고
창 넓은 카페에서 다리를 꼰 여자가
검은 대륙을 들이킨다

점심값을 뛰어넘는 어둠을 얻어 마신 날
밤새 에스프레소 같은 허공과 씨름했다

시간당 최저임금과 향기로운 커피의 경제학과

계산기를 두드려도 나오지 않는 인생의 근삿값,
수박 같은 지구로 반지름을 구하기엔
인생은 달콤하거나 너무 밍밍한 관계다

영업이 끝난 시간,
아르바이트생은 부은 종아리를 두드리고
사장은 계산기를 두드린다

플러스든 마이너스든
빈칸에 정답을 쓰기엔
세상은 서로에게 어려운 문제를 던진다

눈사람

골목도 녹고 집도 녹아
눈사람의 행방 알 길 없다
어디에 떨어트렸나
눈, 코, 입
나를 키운 건 알고 보니 지지리 가난한 자본이었고
나를 버린 것은 한 달 치의 월급이네

만 원을 쓰면 구만 원이 무너져내리고
십만 원을 쓰면 구십만 원이 녹아내리는
손톱과 발톱도 없는 쓸개도 없는
희디흰 머릿속

오늘은 양복을 입고 사람이 돼야겠어

자본이라는 형상은 대부분
녹는 쇳물로 이루어졌지
황급히, 다급히, 기어이, 녹아도 아무것도 되지 못하는

눈사람의 일생

변형들이 한 세기를 끌고 가네
빈곤을 녹여 다시 자본의 자물쇠를 만들지
추운 날씨에만 존재하는
항쟁이나 봉기나
그런 곳에서는 녹지 않지
여전히
강철 같은 형상으로

눈꺼풀에 깃털을 다는 여자

날아오르려
푸드덕거리는 닭처럼
홰를 치는 오리처럼
모든 유사시처럼
나는 시늉이라도 하려는 듯
하루의 접착량을 믿으며
스스로 깃털을 달아요

깃털의 무게란
우리가 가지고 다니는 유사시
날뛰는, 혹은 순발력의 탄성과 비슷해요

가끔은
되돌아와 자신의 뺨을 후려치는
손바닥처럼 아프고 무거워요
껌벅일 때마다 눈 밑으로 떨어지는 돌멩이들
나약한 깃털들은
세상에서 가장 무거운 돌이에요

초라하지 않기 위해
저렴한 성형을 하지요
신앙이, 너무 먼 행성 같아
스스로 천사의 깃털을 달아요
일회용 천사는 어여쁜가요?
눈부신가요?

깜빡일 때 떨어지는 돌가루들이 눈동자를 찌르지만
견딘다는 말을 믿으면서

밤의 부엉이에게

목숨을 걸고 누군가 이 밤을 건넌다면
흰 깃발을 걸어야 할까,
낡은 구두라도 서둘러 놔둬야 할까

깃발이 앉아 있다

이 나무에서 저 밤으로 날아갔다가
다시 날아오는
밤을 건너가는 무리의 깃발

피 묻은 목소리,
몇 세기를 건너온 맨발들
밝은 곳은 이미 기득권으로
펄럭이는 깃발들이 빽빽이 앉아 있다

부엉이들, 밤의 아우성들
어둠을 흔들다 날개를 잃은 이름들
빛을 날개 밑에 품고

날아오르려는 부엉이들

빨강으로 갈가리 찢겨져
산천에 이름 없는 잡초의 이름으로 피거나
형장의 빗소리로 흘러간

목숨들이 길을 나눠 가지는 밤이다

물병 속의 오아시스

입안에 모래를 뿌려놓은 오후 두 시
조금 전 셈이 밝은 베두인과 점심으로 양고기를 먹었다
양들은 툴툴거리며 털을 털고 땀을 흘린다
목구멍으로 태양이 넘어갈 때마다
이마를 짚은 손차양 맛이 난다

베두인의 손바닥에는 건조한 근로계약서가
모래 알갱이처럼 굴러다닌다
넥타이 줄을 쥐고 있는 저 손이 언제 바스러질 것인가

목이 탄다

십 미터 전방에 펼쳐져 있는 오아시스 몇 모금이
어디서 낙타 방울 소리와 바람을 싣고 와
삼 할의 공기를 만들었다
칠 할의 병 속 오아시스가 증발하고 있다

더부룩한 양 떼,

울음을 흘리며 더 아래쪽으로 몰려간다
양 떼에게는 뒤틀린 잉여가 자란다
몰이로 몰려가선 손익분기점을 휙휙 뛰어넘는다

넥타이를 풀고 벌컥 사막을 벗어난다
베두인도 근로계약서도 기억에서 지우고 잠시
저 투명하고 맑은 곳으로 풍덩!
야자수 그늘에 있다는 상상

내 몸에 오아시스가 생겼다

태양조차 기간제 근로계약서를 쓰는 도시,
길 잃은, 양 한 마리가
구름처럼 헤매고 있는 여기는 사막

방충망 너머

바람이 높은 곳으로 염탐하듯 옵니다
문을 흔드는 투명은 어떤 무늬를 거쳐 온 걸까요
먼지 냄새가 납니다
이곳을 통과하려면 아주 미세한 몸이나
찢어진 틈이 필요하지요

한때는 빛을 찾아 춤추던 불나방의 전성시대도 있었지요

방충망 밖의 저 불빛은 불나방 같지 않나요?
무얼 위해 밤새 빛을 다 소진할까요
5층짜리 낡은 아파트 방충망엔 상처에 바르듯
투명 테이프를 듬성듬성 붙여놨어요
오래 살다 보면 이 정도 상처는 아무것도 아니죠
방충망 위로 흰 구름이 매달렸네요
흘러갈지 떨어져 내릴지 알 수 없습니다
높은 것들은 추락을 위해 있는 건지 위엄을 위해 있는 건지,

시야를 멀리 던지면 빌딩들이 있습니다

그 아래로 작은 지붕들이 안정적입니다
나는 작은 집들의 지붕을 보고 안도하고
던졌던 시야를 추스르며 위협을 느낍니다
낮은 지붕 위에는 초록들이 제 삶을 노래합니다
상추며 고추 호박 이런 채소들, 다정합니다
다정도 병이라 코끝이 찡해 옵니다

방충망을 뚫고 바람이 붑니다
어제 때려잡은 모기의 몸을 뚫고
잔류의 바람이 안간힘을 씁니다
나는 이 세상의 잔류입니다

자본주의

냄새가 사라진 골목을 걷는 건
가방을 잃어버린 학생의 등 같다
국어 영어,
수학의 영역을 아버지는 잘 알지 못했다
그래도
작은 입의 크기만큼 세상을 먹을 수는 있었다

새들이 나무와 나무를 건너며 저녁의 어스름을 부른다
골목 위로
피곤과 절망과 약간의 꿈 부스러기가 한데 섞여 번지는

도시는
오늘도 어제보다 한마디 커진 손가락으로 사람의 마을을
툭 건드린다
견고한 지붕은
오늘 *바람이 좀 부는군*
하며 창문을 닫고 잠자리에 든다
부실한 지붕은 밤새 지붕을 고치며 밤잠을 설친다

나는 슬그머니 찾아오는 아침을 목소리를 잃은 닭처럼 맞
이한다
지붕은 그리 반짝이지 않지만
나를 보호한다 내 부모들처럼,
그들의 뒤척임을 알고 있고
나 또한 그러하리라

입을 벌리고 별로 달콤하지 않은 이 세상의 시큼 텁텁한
모서리를 아침으로 먹는다

담장 속의 아이들

이 골목을 지나는 구름은 길고 높은 벽을 견뎌야 한다

담장 안 측백나무가 키를 늘릴 때마다 경계를 늘렸고
편두통을 앓는 아이들이 햇살 쪽으로 손을 뻗었지만 늙고
초라한 구름만이 손에 잡힐 뿐
구름은 쓰디쓴 솜사탕이었다

이 골목을 지나는 바람은 불안한 저녁을 견뎌야 한다

담장은 형식만 존재할 뿐 이 골목의 사람들은 허방 위에
발자국을 낳는다
꿰맨 자리를 또 꿰매면 어느 틈엔가 고통도 습관이 된다
흔들림만 있고 형체는 없는 저 허공의 발자국들
뿌리가 자라지 않는 집은 위험하다

무질서하게 많은 집에서 파란(波瀾)의 새들이 날아올랐지
만 끝내 담장을 넘지 못하고 낙서처럼 벽화가 되었다 분란
(紛亂)의 아이들이 벽화 속의 새를 갈기갈기 찢어놓았다

저 높은 담장을 넘을 수 있는 건 오직 허상뿐
직립을 꿈꾸는 새를 본 적 있다

바람의 느린 보폭 사이로 쏟아지는 햇살
새들의 웃음소리가 골목 안에서 뚝 끊어진다
뿌리가 없는 아이들이 담장 끝까지 우르르 몰려갔지만 구
름을 잡을 수 없었다
담장이 둘러싸인 무덤 속에서 아이들은 무사히 늙어갔다

더 이상 파랑새를 믿지 않기로 했다

더위

날씨가 뱀 같다
온몸으로 비가 내린다
솜이불을 펴놓은 공중이 더워
양산 아래서 숨어다녔다

나무 그늘은 모두 부지런한 사람들이 앉아 있다
그들은 이미 자신의 더위를 뛰어넘어와 부처가 된 듯하다
밤이면 더위를 독경 삼아 부처를 부채로 환원하듯
조용한 결말을 기원하는 양 겸허하다

교각 위의 지하철 창마다 빛이 휘몰아친다
온도 차를 실감하는 유리들이 부르르 떤다
교각 아래의 그늘과 교각 위의 온도를
꽁무니에 끌고 모르는 척 계절 가운데를 통과한다
그것은 바퀴 아래와 세상의 일일 뿐

다리 밑으로 가는 사람들
저들의 시원함이란 섬뜩함이 아닐까

덜컹거리는 다리가 풀어놓은
먼지와 달리는 시간들
여차저차라는 말
저차도 가기 전 여차에서 전락하는
노숙의 처지들,

섬뜩해하는,
한여름의 화목한 가정처럼

이터널*

"인간은 길고 나는 짧다"**

단일한 존재가 영원한 것은 없다 끊임없는 환승의 나날, 엄마들이 수없이 죽고 다시 태어나고 불멸로 편승한다

발바닥에 달라붙어 끌려가는 저것들 세기가 다른 문을 열고 기다리는 동안에도 바닥으로 넝쿨을 뻗는 것들, 폭압과 폭력과 당파와 살인과 전쟁이 반목과 반목을 거듭한다 작년의 나무에 피었던 꽃이 올해의 나무에 다시 찾아왔다 집단의 진화와 교대라는 말이 무성하게 부풀어 사납게 군중 속으로 나아갔다 버스와 지하철과 자가용이 바다를 가르고 산을 뚫고 사람들을 밟고 나아갔다

얼마나 교대에 충실한 존재들인가

커서 신이 되기를 간절히 바라는 기도문을 부모에게 전달받고 아이는 동화의 세계에서 잠들 수 없게 되었다 아이들 잠자리로 헬리콥터가 맴돌면 학교 정문으로 우르르 쏟아지

는 미숙한 아이들이 초고속 랜선을 타고 아무 계절도 통과
하지 않고 이송되곤 했다

　과정은 다른 이름으로 바뀔 뿐, 무너지지 않는 바벨이 우
뚝 솟아 사람들의 머리 위로 긴 그림자를 이불처럼 덮는다
　아무도 깊은 잠 들지 못하는 날이다

　영원은 내가 확인할 수 없는 먼지 조각들이다

* 영원한, 끝이 없는.
** 히포크라테스 선서 중 변용.

산책의 영역

공중과 굴뚝은
어떤 식으로든 연대한다
굴뚝은 대량의 상징으로 높아지고
공중은 흩어짐으로 흐려진다

오늘 몇 명의 노동자가 굴뚝으로 올라갔다
고층은 황사로 아무것도 보이지 않는다
숲의 오솔길을 따라 걷는 사람들은
모두 앞만 보고 산책을 했다
귀 안 가득 아름다운 음악이 흘렀다
구름이 지우개처럼 빠르게 지나갔다
쇠 냄새인지. 피 냄새인지 모를
냄새를 지우며

골리앗 크레인이 대량 노동을 들어 올리고
한순간 놓아버린다
노동 밑에 노동 또 그 밑에 노동자들
깔리고 뭉개지는 건 오직 노동하는 사람들의 상황일 뿐

미세먼지는 노동의 분쇄
기계들이 내뿜는 마모
가로수는 바쁘고
전광판은 수치를 계산하느라 미쳐간다

복면으로 산책하는 산책자들
복면을 벗으면 마모된 얼굴엔 균열이 심장까지 뻗어 있다

폐광처럼 긴 산책로 위로 석탄 가루 같은 밤이 내린다

점점 알 수 없는
분별들이 추위 속으로 쌓인다

검은 숲, 발랄한 생쥐

검은 숲을 헤치며 쳐들어오는 것들, 회오리도 아니고 부채도 아니고, 선풍기는 그만 넣어두고, 어디 숨어 있었니? 발랄한 생쥐야, 쥐똥나무는 어떤 냄새를 키우는지, 울타리 밖의 세계는 바람을 타고 한 바퀴 돌아 부메랑처럼 아름다운 춤을 보여주네

이제 귀여운 꼬리를 보여주렴 향기의 숲을 지나 시궁창의 역병을 밟고 살아남은 끈질긴 생명아, 투명한 유리창에 너의 까만 눈동자를 걸어두겠니, 곧 도착할 눈송이의 계절은 우리들의 오래된 수거함

끊임없이 두리번거리는 생쥐, 네 눈 속에 뛰어다니는 불안을 공처럼 가지고 노는구나 공은 쉼 없는 너의 맥박, 그게 없으면 너는 생쥐가 아니지 사실 생쥐는 한 번도 쥐구멍에 볕 들길 원하지 않았지 쥐구멍은 유일한 생존, 좁은 쥐구멍은 밤의 커다란 입구였어

비

  부침개가 뛰고 있다 부침개를 뒤집어줘야 하는 시간, 아
이들은 책가방을 머리에 이고 한 올씩 젖어가는 머리카락처
럼 웃는다 무지개처럼 알 수 없는 웃음이 집에 도착한다 젓
가락이 비를 들어 올린다. 조금만 늦어도 타고 마는데, 자꾸
만 뒤집다 보면 부서지고 만다 한 아름의 부침개가 찢어져
구름같이 흩어진다 엄마 오늘은 학원 쉬면 안 돼, 비 핑계로
쉬고 싶은 아이를 향해 뒤집지 않으면 검게 탄다고 다그친
다 눅눅한 운동화 안에서 게으름이 뭉게뭉게 피어나고 부침
개도, 비도 없는 맑은 하늘 아이는 무거운 앞날인지 뒷날인
지를 짊어지고 신발 속에 숨어 있는 부침개를 툭툭 차보는
것이다.

달이 파먹다 남긴 밤은 캄캄하다

배부른 달이 쉬는 밤

야반(夜半)
온갖 도주의 역사가 거기에 있다
가난도 무거워지면
버릴 수밖에 없는 사람들이
지명을 피해 다닌다
불룩한 달의 배 밑을 은둔지로
조용조용 신발의 밑바닥을 끌고
담벼락으로 스며들거나
서둘러 계단 아래로 떨어지기도 한다

모세도 어느 으슥한 야밤,
신의 음성이 그의 몸으로 스며들었을 것,
광야의 새까맣게 탄 누룽지 같은 밤은
그를 지도자로 단련시켰을 것이다

반군의 녹두장군 전봉준도

다 파먹혀 희미해진 달 아래서
민중의 분노를 논했겠지
기어코 어둠의 칼을 빼 쓱쓱 달에 갈았겠지
빛을 따르라고 하지만
가난은 어둠의 옷이 더 친근하다

가난은 집 없는 길고양이의 옷과
빈자들의 손톱 밑 때처럼
무척이나 깜깜하다

어제의 기분과 오늘의 날씨

사이에 서 있다
그 가운데를 가르면 찌그러진 얼굴과
동전들이 쏟아진다

합산에서 밀려난 우수리들
동전은 누구의 것인가?
지구를 한 바퀴 돌아온 존재들
테두리가 반질반질 닳고
돋음의 가치가 얇아진다

오래된 동전은 어제의 날씨 같고
오늘의 기분은 언제나 내일 명확해질 때
합산을 채우는 틈,
요란한 소리는 그 틈을 뛰다
계절이 지난 코트나 오래된 가방 바닥에서 나타난다
그땐 이미 합산이 사라진 때

돌아가신 할머니 유품 속에서

동전이 한 줌 나왔다
생전에 외치던 고, 스톱
고인지 스톱인지 알 수 없는 세계를
따라잡지 못한 동전들
몇십 년 전과 불과 일 년 전의 동전이
가을과 겨울처럼 섞여 있다

세상은 둥글어지는 중일까
동전이 사라진 만큼 틈은 여전히 더 벌어지고 있다
어제의 기분은 쨍그랑거리는 빗방울 같고
오늘 날씨는 밟혀서 찌그러진 모양 같다

가끔은 그리운 합산이
떠오를 때가 있다

제3부

행복을 찾아서

불안

달이 환하게 제 꼬리에 불을 붙인다 불안이 오기 좋은 날이다 앙큼한 고양이의 긴 그림자를 밟고 경우의 수 신을 신고 불안이 온다 잠겨 있는 창과 커튼, 커튼은 미동도 없이 점점 커지고 불안, 숨겨놓은 자식 이름 같고 갚아야 할 빚 같은, 불안은 암막 커튼처럼 어둡게 낄낄거리며 세상에서 제일 두꺼운 인간의 피부를 뚫고 소리도 없이 무거운 납 옷을 입고 쓸데없는 질문을 해대는 호모사피엔스 후예의 머리를 뭉개며 바늘구멍 같은 의심의 틈 속으로 홍수로 범람한다

베개에 시커멓게 탄 달 부스러기,
입술에서 흘러내린 눈물,
너, 내게 무슨 짓을 한 거야!

불안한 것들은 다
이 음절의 이름이다

그늘에 기댄 날들

노인들이 그늘에 앉아 졸다가 사라지는
어느 여름 한 철
지팡이처럼 긴 계절이 나무의 머리채를 잡고
그늘을 막 지나간다

아, 하고 입을 벌리면 이 빠진 구멍 속으로
커다랗게 그늘이 보인다
우리가 앉아 있던 쉼터처럼

그늘이 상승 주가를 치는 것은 여름이라
웃자란 이파리들은 일생에서 절반 이상을 여름에 기대어
있다

동네에 절반 이상이 할머니들이고
할아버지들은 이제 운과 핑계를 생각할 때다
혈기를 배 아래 숨기고 겸손한 자세로
지팡이 쥘 힘으로 할머니의 그늘에 기댄다
편중된 그늘도 사라지면 모두 떨어지는 추풍 낙법으로
누울 자리를 탐색하는데
그것 또한 이 세상의 반대편에 기대는 일일 게다

이를 닦으며 생각하는 것들

후쿠시마 원전 이야기가 TV를 타고 내 혀로 흘렀다

한 포대의 바다를 구했다
저 불투명의 포대 안에는 구름과 고래와 플랑크톤과 미래
의 아이가 있다 하얀 거품을 물고 있을 때 문득 든 생각이다

이상하지만 매일 느끼는 맛이 원전처럼 목구멍으로 조금
씩 흘러내려 간다
새하얀 맛소금처럼 머리가 복잡하다

아이가 넘어져 무릎에 피가 맺혔다
5일 정도면 상처는 아물어가겠다
5년의 시간이 담긴 소금 포대의 안쪽에는 아직 방영하지
않은 드라마가 있고 바깥쪽에는
이미 다 드러나버린 막장의 드라마가 통속의 옷을 입고
시간의 끝에 아슬하게 서 있다

입을 헹군다
아직 개운하지 않은 맛을 뱉는 것은 의심이고 삼키는 것
은 독선이다

행복을 찾아서

행복인테리어 앞을 지나 행복세탁소를 지나 행복마트에서 소주 한 병을 마셔도 행복의 기미가 보이지 않는 M, 한 달 전 아내는 저 행복인테리어에서 벽지를 고르고 시공을 맡겼어 일상을 싹 뜯어내고 우울한 곰팡이를 방수 스티로폼으로 꼼꼼하게 막고 달콤한 아이스크림 색으로 도배를 했었지 그러나 아내의 화색은 얼마 가지 않아 얼룩진 벽지로 변해갔지

세 잎 클로버의 행복을 밟고 네 잎의 행운을 꿈꾸는 오류는 암전의 한낮처럼 끔찍한 풍경이지

행복인테리어를 지나 행복세탁소를 지나 행복마트에서 콩나물을 사는 W, 3월부터 행복세탁소를 들락거리며 양복을 날랐지 아들은 계속 면접에서 떨어지고 남편은 퇴직해서 매일 W의 일상을 훔쳐보고

행복인테리어를 지나 행복세탁소를 지나 행복마트를 지나는 J는 생각한다 간판이 지나치게 직설적이라고, 행복이

인테리어로 되겠는가, 깨끗하게 세탁을 해도 행복으로 가는 길은 늘 알바생의 청소도구같이 구질구질하고 마트에선 행복을 살 수가 없는데, 간판 모서리가 날카롭게 돋아 있다

오늘도 그들은 행복인테리어와 행복세탁소와 행복마트를 지나 하늘의 별만큼 먼 행복을 좇으며 집으로 향한다 행복타운 301호, 그래도 행복이 가장 오래 머무는 종점 정도는 되는 곳이다

꽃사과나무 집

금 간 담장 안
꽃사과나무가 하나
허리 굽은 노인이 하나
참새는 종종종
노인의 입안, 혼잣말을 물어다가
사과나무에 걸어둔다
꽃이 피어도 사람은 없고
앞뒤 옆, 새로 짓는 원룸의 키가 훤칠하게 커간다

젊은 주인도 노인도 흔들리기 좋은
깊고 넓은 세상이다

원룸엔 혼자 사는 젊음
꽃사과나무 집엔 늙음이 하나,
궁시렁궁시렁 가시덤불 같은 대문을 열고
마실 나가지만, 누구의 손가락에도
가시가 박히지 않는다

사과나무꽃 씨앗을 뱉으며

사과가 중얼거리고
꽃사과나무 벌을 부르며
꽃이 중얼거린다

세상은 조용히 흐르다가
꽃사과나무가 분주하게 소리 없는 요란을 떨 때
노인과 청년이 골목을 스쳐 가고
문득, 열매들이 농익고 떨어지는
붉고 달콤한 세상이다

사진 찍는 사람들

무언가에 기대고 싶은 것이다
황량한 지명이나 풍경에 기댔던 옛 앨범은
몇 개의 명소와 꽃 핀 계절을 소장하고 있다

인간이 순간을 확인하는 역사는 얼마나 되었을까

비비안 마이어*는 평생 보모로 살며 사진을 찍었지만 아무에게도 들키지 않은 사진은 사후에 발견되었다 그녀의 기댈 곳은 명소도 친구도 아닌 자신의 피사체였을까 어둠의 창고에서 빛으로 나온 그녀는 조명 아래서 빛났고 지독했던 어제는 사진 속에서 다행스런 날로 반짝였다

초목이 과하게 아름다웠고 고양이는
햇살 아래서 늘어지게 평화로웠다
곳곳의 조형물들이
당신의 미소를 붙잡고 시즌을 책임진다
그중 당신은 어떤 지형의 모순에 넘어졌나
내일은 자꾸 얼굴을 찡그리는

예언들의 징후로 고약한 냄새가 난다

당신은 열심히 사진을 찍는다
내일의 태풍을 예감한 머리카락처럼
당신은 당신을 내일로 보내며 살아남는다

맨 처음 두 다리로 섰을 때의 나로
그 순간으로 계속 서서 온
어제들은 늘 다행스러운 날이었다

* 비비안 마이어(1926~2009) : 그녀는 미국 뉴욕에서 태어나 평생 보모,
  가정부, 간병인을 거쳐 노숙자로 삶을 마감했다. 그녀가 죽고 2007년
  존 말루프라는 남성이 창고에 있던 사진을 350달러에 샀고 이후 전시
  를 하면서 세상에 알려져 그녀의 천재성을 입증받게 되었다.

픽션

❋

백만 년 전의 무성(無聲), 말의 빙하기

❋

오백 년 동안 눈이 내렸다 거리는 온통 얼어붙은 입김들, 간간이 설인들 지나간다 새는 더욱 강력한 보온의 형태로 진화했다 아직도 날 수 있는 생명체가 있다는 건 신의 가호다 인간은 최대한 많은 지방을 축적했고 살아남았다 빙하가 급속도로 녹아내려 바다가 나라들을 덮치기 시작하자 국제 환경기구의 회의가 있었고 그 후, 새로운 신무기를 개발했다 그건 분명 무기였다 【지구멸망방지프로젝트】라는 명분으로 지구의 정중앙, 적도의 하늘 위로 쏘아 올린 발사체는 순식간에 강과 바다를 얼리고 인류의 반을 냉동인간으로 만들었다 결국 인류는 몸을 불리기 시작했고 마른 체형의 인간은 사라졌다 살아남은 종들은 지극히 야만적인 야생으로 돌아갔다 불은 다시 신화의 형식으로 인간의 뇌를 조종했다 맹수의 용맹과 신앙이 죽음의 공포에서 그들을 일으켜 세웠다 말은 공기 중에 얼어 바닥에 우수수 떨어졌다 사람들은 적막한 흰 산맥을 힘겹게 걸어갔다 그들의 눈동자 안에서 언어들이 살았지만 차마 입으로 말하지 못했다 수화와 글이 발달하고 밤에는 긴 편지를 썼고 우체국엔 사람들로 북적였다 몸으로 전하는 말들은 춤이라고 하기는 경건했고 아름다운 신의 옷자락 같았다 꽃, 시냇물 숲, 이런 말들은 메아리처럼 그 옷자락 끝을 잡고 멀고도 아련하게 산맥을 휘돌고 있었다 길고 하얀 밤이 빨리 찾아드는 시절이었다

❋

　말이 녹고 말이 푸르게 싹트는 방향을 향해 설마들이 달린다

여름이야

수박이 굴러간다

수박은 무겁고 또 배부르고 아름다운 삼각이 여러 조각
들어있지

가난한 살림엔 여름만 한 계절이 없지 엄마 말이 얼음을
문 고양이 입처럼 아프다 초록을 아이스크림처럼 핥던 눈
동자가 들이닥친 햇살에 잠깐 눈을 감는다 태양에서 출발한
빛의 속도는 눈꺼풀 속 여러 가지 무늬의 잔상으로 한껏 모
여 있다

지폐도 얇아지고 채소들은 분류만으로도 반찬이 되지

땀은 밖으로 흘려버리면 그만이지만 추위는 깊은 속까지
비집고 들어와 가계(家計)를 흔든다 빛은 여름의 가장 뜨거
운 프레임이다 가둘 수 있다면 허름한 셔츠와 오르막을 가
둘래 올라가는 길이 많은 동네를 깨트리면 휴, 휴, 쉼표 같

은 가을이 도착할까

실눈을 뜨며 모두 말한다
여름이야

밥의 온도

손을 놓으면 떨어져 깨지거나
멀리 날아간다

아이가 처음 놓친 풍선은
어느 만큼의 슬픔일까

세상에는 하늘과 벼랑이 있다

놓친 풍선이 돌아온다면 그건
파랑새의 뛰는 심장일 거다

아이는 낮은 곳에서 뻗어나간 길의 미로에서
나무와 집들의 경계를 허물며 자란다

새들의 둥지에선 어미의 체온이 새끼를 키우고
골목마다 홍합처럼 밀집해 있는
소박한 지붕들이 사람을 만든다

많은 것을 놓치고

소중한 것들을 떨어트리고 걸어가는 길

동네 어귀 친숙한 슈퍼와 세탁소와
담장 안 붉게 핀 박태기 꽃봉오리
친숙한 저 골목에도 우환이 가득 걸어 다니지만
밥은 먹고 다니니?
숟가락에 슬쩍 파랑새를 얹어주는 어머니

밥의 온도는 몇 도일까?

옛날 약속이 지나간다

첫눈 오는 날 만나자 했지

첫눈은 서울에서 오고
첫눈은 부산에선 오지 않았지

무모한 약속들이 흰 눈 위에서 지워졌지
그 시절 지역별 날씨는 할머니의 삭신보다 멍텅구리

약속들이 옛 왕의 성문 앞에서 서성거리고
화난 얼굴로 총총히 사라지던
종로의 늦은 겨울 저녁
첫눈 참 예쁘게 내렸지

붕어빵과 어묵의 김 서린 포장마차 안에서 동동거리던
언 발들이 연기처럼 뿔뿔이 흩어지고
시린 벙어리장갑 속 손가락들은
더는 약속 안 하기로 결의를 맺네

내가 다시 이 자리에서

그때 꿈꾸었던 것들을
하나도 만나지 못했고
지나가지도 않았지
지나가지 않았으므로
기다려볼 만한 일이네

걱정이 함부로 넘나들지 못하는 담장 밖으로
첫눈이 내리고
잡아야 하는데 잡을 수 없는 옛날이 지나가네

지붕의 노래

마지막으로 지붕의 노래를 적어둔 곳은 작은 다락방

지붕은 소녀의 첫 번째 애인
어린 애인의 머리칼과 분홍빛 손톱을 위해
아직 덜 자란 엷은 날개를 위해
그는 바람의 목소리와 구름의 변형을 뜯어
수시로 연주회를 열었다
소녀의 심장은 오한처럼 뜨거웠고
눈동자처럼 쓸쓸했지

시간이 동쪽 하늘에서 서쪽 하늘로 날아오는 동안
소녀는 그의 늑골 밑에서 꿈을 꾸었다
그는 소녀를 싣고 석양의 끝과 끝을 달렸다
소녀는 생시와 꿈을 오가며
춤추는 발들이 사라지는 것을 보았다

일기장 속엔 먼 행성의 이름과 지구상에 없는 계절로 빼
곡했다

아무도 들어주지 않는 말들을 속삭일 때면 그가 고개를
끄덕이는지 들썩거렸다

내가 죽으면 지붕의 기와를 세 장만 뜯어내고 빛이 들게
해줘*
뛰어노는 발소리가 될 거야

그는 낮게 엎드린 소녀의 등을 오래도록 바라보았다

어느 순간 무력하게 머리가 허물어지는 꿈을 꾸었다
지붕의 노래가 하나둘 사라지는 시대가 도래했다

* 중국 토착민인 야오족의 장례 풍습에서 가져와 변용함.

에덴의 동쪽

달의 꼬리를 잡고 축축하고 울퉁불퉁한 표면의 우울을 혀로 핥아봤죠 맥없이 바람 빠진 풍선처럼 몽롱했어요. 이제 동쪽의 남자를 따라가야겠어요

어떤 곳인가요

지나가는 새들에게 물어봤어요 새들은 그저 지저귀죠 세상의 모든 아주머니는 이미 에덴에 살고 있거나 다녀온 사람들, 그녀들은 손사래를 칩니다 입이 작은 남자와 발이 큰 남자, 신사의 얼굴에 짐승의 손을 가진 남자들이 수두룩하지만 그중 저 화상, 이라는 남자를 조심하라고

여자는 큰 발에 대한 로망이 있었죠 이것은 스톡홀름 증후군* 딸들은 오랜 기간 아버지의 인질이었죠

여자는 큰 발의 남자 발등을 타고 동쪽으로 갔어요

세상의 동쪽은 하나지만 에덴은 너무도 많죠 나의 에덴은

한 곳이지만 동쪽은 즐비하죠 에덴은 끝없는 노동으로 개간

해야 할 곳

  발이 큰 남자를 개간했어요 앞서 걷는 남자의 발은 아무

리 개간해도 에덴이 될 수 없지만 그래도 한때는 남자와 같

이 에덴사진관에서 사진도 찍었죠 에덴이라는 곳, 주변에

널려 있는 걸요. 에덴미용실, 에덴수퍼, 에덴세탁소, 갈 수

없는 곳들은 종종 우리 곁을 찾아오기 때문이죠

* 공포심으로 인해 극한 상황을 유발하는 대상에게 긍정적 감정을 가지
  는 현상.

병원 복도

병원에선 모두 바쁘다
느린 것은 환자뿐이다

사이렌 소리가 복도로 먼지처럼 울린다
담배 없는 빈 손가락이 가늘게 떨고 있을 때
병을 달관한 사내가
무료한 슬리퍼를 끌고 간다

바쁜 건 언제나
링거 대 휠체어 환자 이송 침대의 바퀴들이
들들들

불시(不時)가 들어 있는 가장 느린 사람들
불러도 대답조차 안 하는 느림
누워만 있어도 헐레벌떡 투약의 시간이 찾아오고
의사들은 시합하듯 회진을 한다
불시는 가장 느린 사람에게 있다는
일일 체크

모든 사건은 복도에서 시작해
복도 끝으로 사라지거나 종결된다

그 복도를 밥그릇이 활기차게 지나가고
병이 거둬 먹이고 지나가고
저녁이면 통증으로 퉁퉁 부어 있다

복도는 말을 거는데
사람들은 말이 없다
체념과 쾌차 사이 무료한 추만 흔들거린다
생과 사를 수없이 넘겨준 복도는 이해하지 못할 게 없다
끝까지 가본 자는 다 안다
오늘도 복도는
애(哀)와 환(歡)을 끝으로 넘겨주느라 허리가 휜다

착한 사람은 어디 갔나

가까이 있는 것을 잊고
멀리 있는 것을 그리워한다

지하철에서 어렵게 자리를 양보했다
노인이 사탕을 건넨다
내 안의 착한 사람은 어느 먼 시간의 골목 어귀에 버려졌나
내 안의 다정과 후안무치는 공존하고
하루를 건너는 다리 위에서 가끔 멍해진다
바퀴들이 자연을 즈려밟고 과속한다
어떤 것들은 저 바퀴를 붙잡고
반경이 넓어지고 생각들은 나에게서 멀어진다

나무와 바다와 작은 마당을 기억하기가 힘들다
뒤뜰의 채송화는 이제 보기 힘들다

엘리베이터의 편리함
헬스장의 땀방울을 예찬한다
가장 보편적인 사회라고 위로하며

길가엔 막대사탕 같은 나무가 즐비하다
저걸 그냥 빨아 먹고 앉아 있을 용기가 안 난다
뒤에서 자동차가 경적을 울리고
사람들이 몰려온다

내 선량한 시절은 어느 쓰레기통에 처박혀 있나

위무

남자는 야근이고 여자는 즐겁다 그토록 함께이고 싶은 시
간이 변색돼 서로에게 적당한 거리에서 채찍을 휘두른다 남
자와 여자의 앞에는 괴리들로 똬리를 튼 의문들이 수북하게
쌓여 있다 얼룩진 뱀의 역사를 두르고 서로의 애무가 위무
로 바뀌는 순간, 허물과 허물을 벗고 보니 쭈그러진 알몸이
초라하게 누워 있다 남자는 여자를 수억만 년 돌아 남자가
됐고, 여자는 그 반대이니 어찌 알겠는가 그 아리송한 계산
법으로 둘은 그리워하다가 멀어지게 된다는 걸, 서로에게서
가끔은 멀어져야 하는 것은 오래전의 탄성(彈性), 궤도를 이
탈하는 스릴을 즐겼던 것,

여자는 홀로 밥을 먹고, 책을 읽고, 드라마를 보고, 그리
고,

제4부

수국 지는 오후

청명(淸明)

입에 바람을 가득 담고 봄이 옵니다
지구를 돌아 나뭇가지에 앉으면 엉덩이가 시리죠

입춘대길을 대문에 붙여두던 당신,
돌아오지 않아요
봄은 죽은 자의 영혼이 바람이 되어
안부를 묻는 계절이라고 다시 씁니다

청명엔 도시락을 싸 당신께 갑니다
첫 슬픔이 매장된 곳,
슬픔도 오래 묻히면 저리도 새파랗게
갓 태어난 물고기마냥, 떼 지어 춤출 수 있군요
당신이 심어놓은 오동나무 이파리 피기 시작하고
종달새 노랫소리 듣기 좋은 날입니다

춘주(春酒) 한 잔 올리고
당신께 세상의 서글픈 사연을 이를까, 말까
잠시 망설이다가
그저 빛 좋은, 하늘 아래 나를 펼쳐놓습니다

수국이 지는 오후

햇살 아래 그녀가 지고 있네
코를 대면 바래가는 마음이 꽃 안에서 서성이네
젊은 시간이 만든 꽃봉오리들
비를 세 들여놓고 오래도 젖어 있었지
비의 종족이 물려준 유산은
종종 터진 주머니 귀퉁이로 흘러
구름이 되었다는데
그녀는 알고나 있었을까
수국수국 슬픈 새의 노랫소리
달빛 그늘에 둥지를 틀고
둥근 세상을 꿈꾸었지
층층나무의 계단을 밟으며 숲에서 숲으로
가지에서 가지로 꽃송이들 먼 전설의 용맹을 품고
달려가는데
그녀의 발은 작기만 하지
시간의 정령이 이제 그녀의 손에 든 물의 시간을 거두네
태양은 한 방울의 물기조차 남기지 않으려 결심을 한 듯
그녀를 조리질하네

백발이 되어가는 그녀의 머리카락 사이로
바람이 부네

배웅받지 못하는 날을 위한 연습

당신이 나를 위해 손 흔들지 않는 날을 생각합니다

며칠 전에도 몇 달 전에도 일 년 전에도 당신이 웃던 문
입구에서 버스 정류장에서 잔상처럼 남아 있던 손가락들

오늘 밤 일기에 오래도록 뒤를 돌아봤다고 씁니다
뒤통수가 쓸쓸한 날이라 씁니다.

냄새는 기억을 오래 붙잡아둡니다
당신이 없는 공간에 당신의 냄새는 왜 사라지지 않는 걸
까요
냄새가 그립다는 말 오래도록 입속에서 되씹습니다

당신이 입었던 옷을 가져와 잠자리에 들었습니다
꿈에서 당신과 갔던 시장에서 맛있게 구운 찹쌀떡을 먹
다가
왜 그렇게 전화 한 통 없느냐고 나무랍니다

세상이 너무 바빠 시간을 앞질러 가려 버둥거렸죠

당신이 그 자리에서 무한히 서서 나를 배웅할 줄 알았어요
연습이 필요한데
늘 연습은 없습니다

모를 것이다

지구가 힘 빠진 공처럼 천천히 굴러간다

우리는 길게 저녁을 하품한다

입에서 검은 연기 모락모락
빛 알갱이들과 서서히 섞이는 시간이다
전염병 같은 나른함이 옆 사람에서 옆 사람으로 퍼진다
곧 늑대들의 털이 날리고
우리는 근심 없는 내일을 위해
식탁에 모여 기도할 것이다
새들은 깃털을 고르고
인간의 아이는 밤새 세상의 슬픔을
자기 키만큼 배울 것이다

잠자는 사이 눈가에 맺혔다 사라지는 물방울처럼
슬픔은 꿈에서 돌아볼 일
해와 달은 서로의 얼굴이 조작된 형상임을
끝내 모르고 고된 노동을 할 것이다

허리를 펴면 굴러떨어지는 노동자의 등짐처럼

부모가 백만 번 저승을 돌아 다시 태어나도
매번 후회하는 전생을 백만 번 사는 자식처럼
우리는 결국 끝까지 모를 것이다

와사풍

대문이 방향을 틀어 북쪽을 향했고 그의 이름이 호적의 지면에서 지워졌다 한낮 기온이 최고치로 높아졌고 대추가 살을 키웠다 마른하늘에서 벼락이 자주 쳤다 벼락은 대추나무가 아닌 사람의 심장을 향했다 풍으로 돌아간 입꼬리에 벼락 맞은 대추나무를 걸면 되돌아온다던데 돌아오지 않는 그의 빈자리가 더듬거려져 자꾸 입이 눈이 감아지지 않는다고 했다

입에 문 슬픔은 빠져나갈 수 있는 걸까?

사람을 잃은 자리에 바람이 들어 입이 삐뚤어지기도 한다는 거, 한 세계가 기울어지는 거, 당신과 나누던 말들이 뚝뚝 떨어져 사라지는 걸 무심히 쳐다보는 일이 어처구니없는 일이라고 몸이 말하는 거였다

두고 온 방

　문을 닫자 희끄무레한 방들이 바람 빠진 풍선이 됐다 잠
그고 오지 않은 문이 부르는 것 같아 찾아간 어제의 집, 가
구가 떠난 방들이 지난 시간을 후후 불고 있었다 자욱한 먼
지는 무거워 날지 못하고 주저앉았다 남겨진 방들은 그새
다 넓어진다 쿵, 발등으로 떨어져 이리저리 굴러가는 눈동
자, 기억들이 햇발을 등진 벽을 타고 거울을 만든다 낯익으
며 낯섦이 가득 차 있다 아무것도 없는 공간에 이토록 많은
잔영이 있다니, 장판에 엎질러진 시간과 벽지에 달라붙은
메아리들, 어디선가 물 새는 소리 들리지만 새는 것은 물이
아니라 고여 있던 방이 빠지는 소리라는 것을 빈방들은 알
고 있는 듯 서둘러 새 입주자를 기다린다

　현관을 나오며 자물쇠를 한 번 더 봉인한다 놔두고 온 방
의 열쇠가 가슴속에서 찰칵찰칵 자꾸 문을 열려고 부딪치고
있다

북향집

도깨비 집이라 했다

마당 가득 대추나무가 파란 이를 드러내며 웃었다
첫 문패를 내건 날이다

첫 주인은 아이가 많아 시끄럽게 터를 밟는 통에
도깨비가 재물을 내줬다고 한다
부부만 살았던 두 번째 주인은 병을 얻고
재산을 탕진해 나갔다 한다

북향을 편애했던 집은
주머니가 가벼운 사람을 기다렸다
아버지는 서둘러 부적 같은 빨간 도장을 찍었다

엄마는 북향을 빛나게 하려고 여러 꽃을 심어
마당을 환하게 밝혔다

대추나무가 빨갛게 익는 가을밤

놀러 나온 도깨비들
바람을 그네 삼아 도깨비들 잔치가 시작됐다
처마 및 호박이 급하게 지붕을 넘느라 늙어갔다
엄마가 심은 꽃들 시들고 어둠이 서둘러 귀가했다
도깨비들이 꽃을 훔쳐 가는 동안
우리는 방 안에서 이야기꽃을 밝혔다

나는 도깨비가 두렵지 않았다
그곳에서 오래 살다 보니 내 머리에도 뿔이 돋기 시작했고
  우리 형제들은 저마다의 뿔을 달고 세상 어디로든 갈 수
있었다

사수자리

일찍이 정화수 수백 그릇을
황도십이궁(黃道十二宮)*에 바쳤다

십이월, 사수자리에서 쏜 화살에 어미의 배가 부풀었다
그는 평생 무능한 전사의 운명,
앞이 부풀 때 범선의 돛은 나아간다
마당은 펄럭이는 빨래들로 깃발을 세우고 출항 준비를 한다

어린 피붙이들은 그가 평생 끌고 갈 운명의 괘(掛)
바다는 푸른 미궁, 갈매기 떼가 모여드는 곳에 얄팍한 모
의가 있어 가끔 발을 헛디디고 염도의 물을 마신다

쳐들어오고 쓸려가는 세월과
한 번 삼키면 목이 타는 물의 불
월척, 만선 이런 이름과 꽝조사** 사이에
운이 파랑파랑
위기는 어느 방향으로 오는가

얼룩진 일지 위로 불안정한 일기(日氣)가 소금을 뿌린다

풍랑 속에서 끊어지는 운명선
집에서는 적막했고 바다에선 절실했다
빗줄기 같은 문장에서 일지를 덮는다

달이 만선이 되면 태양이 하나의 궁을 지나간다
사수자리에서 활을 쏜 후, 그의 항해는 십이궁을 벗어났다

함정에 빠진 건지, 함정에서 벗어난 건지 알 수 없다

* 천구상에서 황도가 통과하는 열두 개의 별자리를 말하며 십이궁이라
  고도 한다.
** 꽝을 친다는 뜻.

유전(遺傳), 유전(油田)

아무리 파도 유전은 나오지 않았지만
몸에선 나쁜 유전이 흐르기도 했다

그것은 멸종에서 분출된다
멸종도 고갈되는 시대
멸종은 현대의 중요한 지표다
빈곤과 자본을 응원하고 강등시킨다

날뛰었던 멸종은 여전히 날뛰고
우리가 본 적 없는 매몰찬 냉혈이다

'이상지질혈증*입니다.'
'채식주의자인데요.'

유전은 후손을 정직하게도 비루하게도 만든다
구름을 기피하고 바람을 외면하며
더는 유전을 파지 않지만
스스로 길을 만들기도 하는 것

혼돈과 빅뱅으로 새로운 구멍이 생기고
치솟는 유전이 있고 영원으로 묻히는 유전도 있다

채식주의자에게도 육식의 기름이 흐른다
유전은 파도 파지 않아도 어느 곳으로든 흐른다
오래전 멸종한 직속의 가계에서
불쑥, 찾아와서 가정지표를 하락시킨다

* 콜레스테롤과 중성지방이 높은 고지혈증.

가난한 내가 가난한 시를 쓴다

집도 명예도 없는 내가 시를 쓴다

꽃을 앞세우고 장마에 젖으며 바스락거리는 낙엽을 밟으며
하얀 눈길 같은 종이 위에 시를 쓴다

자본주의의 중앙에 앉아
백치같이 시를 쓴다
밥도 되지 않는 시를 쓴다

노동하는 인간이 돼라 손가락질하지만 시를 쓴다

잠 못 이루며 시를 생각하는 나는
밝아오는 창을 바라보며
가난한 나의 미래를 불현듯 짐작하며
두려워 또 시를 쓴다

가난해서 자꾸 시만 쓴다

가난한 시가 품은 지금 이곳의 현존

이병국

그렇게 쓰여진 시

1926년 뉴욕에서 태어나 보모, 가정부, 간병인 등으로 일하며 남의 집을 전전하던 비비안 마이어(Vivian Maier)는 2009년 노숙자로 삶을 마감했다. 그녀는 살면서 수십만 장의 사진을 찍었으나 세상에 알려진 것은 그녀가 죽고 나서의 일이었다. 이는 존 말루프(John Maloof)가 2007년 경매에 나온 비비안 마이어의 필름을 구입한 이후 사진이 범상치 않다고 여겨 2년이 지난 어느 순간부터 페이스북에 그녀의 작품 사진을 올리면서 비롯되었다. 수없이 많은 사진을 남겼으나 생전 아무에게도 보여주지 않았던 비비안 마이어의 세계가 존 말루프라는 존재에 의해 모습을 드러내게 된 것이다.

사진에 관한 정의야 다양하겠지만, 사진의 가장 큰 특징은 이미지, 그것도 손에 잡힐 듯한 실재가 그 안에 고스란히 담겨 있다는 데 있다. 바르트의 말을 빌리면, 사진 속에는 우리가 존

117

재하기 조금 전에 존재했던 누군가의 개별적인 삶과 그 개별성 안에 역사의 긴장이, 역사의 분리가 포함되어 있다. 단순한 기록의 층위에서 사유될 만한 사진 한 장은 우리가 아는 모든 것(과거)을, 우리가 예측하는 것(미래)으로부터 분리함으로써 거리와 시간의 격차를 발생시키는 한편 현재를 사건의 지평선 너머로 확장한다. 이로써 우리는 사진이 구현하는 시간의 좌표 속에 진입하여 역사의 재현을 넘어 현존을 확인하게 된다.[1] 비비안 마이어가 누구에게도 보여주지 않으면서도 세상을 기록한 행위의 의미는 이 지점에서 생성된다.

그녀의 사진에는 "모순을 포용하고, 세상과 거리를 두는 동시에 가까워지고, 존재와 부재 사이에서 균형을 맞추는 능력이 고스란히 드러"나는 동시에 "자신이 인생이라는 바퀴에 올라탔다는 사실을 이해하기 위해 사진을 찍고 이를 만끽"하면서 "스스로 세상을 향해 결국 발을 내딛는" 현존하는 삶에의 확인이 담겨 있다.[2] 이때의 피사체는 자기 자신을 포함한 경계의 존재, 즉 현대 도시를 살면서 그 안에 완벽하게 포섭되지 못하는 유동하는 존재가 될 것임이 분명하다. 그곳에서 우리는 "맨처음 두 다리로 섰을 때의 나로/그 순간으로 계속 서서 온/어

1 낸시 쇼크로스, 『롤랑 바르트의 사진』, 조주연 역, 글항아리, 2019, 203~239쪽 참조.

2 마빈 하이퍼만, 「잃다, 그리고 발견하다 : 비비안 마이어의 삶과 작품」, 존 말루프 외, 『비비안 마이어 나는 카메라다』, 박여진 역, 월북, 2015, 36~43쪽 참조.

제들은 늘 다행스러운 날"이었음을 감각하는 한편 개별적인 삶이 이끈 "순간을 확인하는 역사"에 머무는 데 그치지 않는다 (『사진 찍는 사람들』). 나아가 어제를 내일이라는 사건의 지평선 너머로 보냄으로써 소외되고 불행하며 무엇도 성취하지 못한 존재가 아닌 그럼에도 자기 삶의 질을 끌어올리는 불굴의 의지와 능력을 소유한 생존자로서의 현존을 재정립할 실천의 계기를 마련할 수 있을지도 모른다.

　조미희 시인의 두 번째 시집 『달이 파먹다 남긴 밤은 캄캄하다』를 읽는 자리에서 비비안 마이어를 언급하는 이유가 여기에 있다. 비비안 마이어의 사진이 소비주의에 대한 반응이나 권력을 향한 충동이 아니라 자신 안에 있는 어떤 막연함을 기록함으로써 현존을 확인하는 일이었던 것처럼 조미희 시인의 시 역시 지금 이곳에 존재하는 자신의 현존을 톺아 세계의 풍경을 재현하고 이를 통해 현실 인식을 심화하는 한편 비가역적 변화를 이끄는 실천으로 나아간다. 분명 이는 어려운 일이다, 그것도 가난을 존재의 실체값으로 지닌 시인에게는.

　　　집도 명예도 없는 내가 시를 쓴다

　　　꽃을 앞세우고 장마에 젖으며 바스락거리는 낙엽을 밟으며
　　　하얀 눈길 같은 종이 위에 시를 쓴다

　　　자본주의의 중앙에 앉아
　　　백치같이 시를 쓴다

밥도 되지 않는 시를 쓴다

노동하는 인간이 돼라 손가락질하지만 시를 쓴다

잠 못 이루며 시를 생각하는 나는
밝아오는 창을 바라보며
가난한 나의 미래를 불현듯 짐작하며
두려워 또 시를 쓴다

가난해서 자꾸 시만 쓴다

—「가난한 내가 가난한 시를 쓴다」 전문

　시를 쓰는 행위는 사람들에게 노동으로 간주되지 않는다. "자본주의의 중앙에 앉아" 있다지만, 그곳에서 쓰는 시는 자본주의의 부를 생산, 축적하는 상품이 되지 않기 때문이다. 상품을 생산하지 않는 행위는 노동이 될 수 없(다는 통념에 놓여 있)기에 시인에게 "집도 명예도" 줄 수 없다. 그럼에도 시인은 시를 "쓴다". "꽃을 앞세우고 장마에 젖으며 바스락거리는 낙엽을 밟으며" "밥도 되지 않는" 시를 "백치같이" 반복해서 "쓴다". 시를 쓴다는 것은 자본주의의 욕망에 복무하는 일이 아니라 자본주의가 소외시키는 자리에서 "가난한 나의 미래"를 두려워하면서도 "밝아오는 창"의 가치를 살피는 실천적 수행이라는 데 의의가 있다. "가난"과 "시"는 작금의 사회에서 불가불, 떼려야 뗄 수 없는 관계이겠지만 그럼에도 시를 쓰려는 시인은 물

120

질적 풍요를 추구하도록 강제하는 세계의 권태로운 보편에 저항하며 자본주의의 욕망에 대상화되지 않고 존재를 욕망 그 자체로 놓아두겠다는 의지를 강하게 표명한다. 그렇게 쓰여진 시는 세계의 불합리와 부조리를 고발하며 소외되고 배제된 존재의 현존을 우리 앞에 펼쳐놓는다.

우리는 아름답고 추해서

조미희 시인은 "예민하고 섬세한" 시선으로 "시대의 뒷문으로 흔적 없이 사라지"는 존재를 돌본다(「사라지는 동네」). 이는 고통과 좌절로 점철된 '도심 한복판'에 위치한 '문명에서의 오지'의 감각을 내면화한 채 도시 변두리라는 존재의 거소를 살펴본 첫 시집 『자칭 씨의 오지 입문기』에서부터 엿볼 수 있다. 이러한 감각은 "계단 끝까지 오르는 거친 숨결"로 "줄기가 휘어진 모퉁이"에서 "가난"을 경험해본 이의 상실의 체험에서 연유한 것인지도 모른다(「정박」, 『자칭 씨의 오지 입문기』). 그와 같은 도시 빈민의 고단한 삶과 그 누추(陋醜)는 이번 시집으로 이어지며, 그러한 삶을 살아가는 존재의 곁에서 시인은 "오래 앓다 보면 때론 아픔도 궁금해져 기다리기도" 한다면서 그 아픔의 "더 안쪽 어디쯤에서/집을 짓고 밭을 경작하고 있"는 삶의 양태를 다독인다(「내 이를 물고 간 새는」). 그리고 스스로를 '드림캐처'로 자리매김하며 "아무도 너의 꿈이 춤추는 걸 방해하지 않"(「드림캐처」)기를 바라는 마음을 곁에 둔다. 고통 속에서도 새로운 가능성을 어루만지며 존재로 하여금 좌절하지 않기를 바라는 마음. 비록 유년의 아름다운 순간은 상실했지만, 그때를 기억하며 존재의 현존을 위무하고 미래를 재정립할 수 있도록 소박한 옹호를 수행하는 의지. "하얀 눈길 같은 종이 위에"(「가난한 내가 가난한 시를 쓴다」) 쓰인 시는 시인의 마음과 의지로 충만하기에 '가난한 시'에 머물지 않는다.

이러한 단언이 가능한 이유는 조미희 시인의 시가 현실을 단순하게 재현하거나 마음과 의지를 쉽게 건네기 때문이 아니다. 삶을 매개로 하여 쓰인 시는 개별 존재의 동형성 속에 자리한 이질성이라는 부면을 그려내기 때문이다. '너'와 '나'를 '우리'로 포용하기 위해서는 그 차이를 분명히 인식해야 한다.

세상에는 다양한 우리들의 규정이 있네
동그란 우리 네모난 우리 찌그러진 우리
오륜 마크처럼 조금씩 발 담근 교집합의 우리

우리는 꽃밭처럼 향기롭고
폭탄처럼 무섭네

흩어져 있는 잡담과 과도한 뒷담화의
다발이 물웅덩이에서 썩어갈 때
우리는 깊이깊이 계면쩍은 사람
생몰 연도를 모르는 멸종동물처럼
기착지와 기착지로 떠도는 새 떼처럼

가깝고도 먼 우리들

꽃밭에 갔다가
우리라는 온갖 도형적 인간들을 만났네
두 손을 모으고 손톱을 만지작거리며
우리로의 진입을 넘보곤 했네
모든 전쟁은 우리끼리 하네
저쪽의 우리와 이쪽의 우리,
우리라는 말,
진영을 바꾸어가면서 얼마나 친절한 유대감인가
하지만, 가해와 박해 학살자까지도
우리라는 동그라미 속에 존재한다네

우리는 아름답고 추해서
우리를 무너트리고 또 건설하는 실수를 저지르네
나와 당신은 늘 가깝고도 먼 우리일 것이네

　　　　　　　　　　　　　　　—「우리, 가깝고도 먼」 전문

　길게 인용한 이 시에서 우리는 '우리'라는 말에 담긴 관계의
양상을 다시 생각하게 된다. '우리'라는 말이 상기하는 바는 공
감에 기반을 둔 연대라는 측면에서 긍정성을 내포하고 있지만
기실 "우리들의 규정"은 다양하다. 동그랗기도 하고 네모나기
도 하며 찌그러지기까지 한 '우리'는 각각이 상상하는 바가 "조
금씩 발 담근 교집합"일 뿐, 통합되는 그 무엇이 아니다. 그런
이유로 "우리는 꽃밭처럼 향기롭고/폭탄처럼 무"서울 수밖에

없다. '우리'의 감각은 한편으로 '우리'로 포섭되지 않는 타자를 배제하며 이를 폭력적으로 억압하는 기제가 될 수 있기 때문이다. '우리'는 자기충족적인 윤리를 무장한 채 "저쪽의 우리와 이쪽의 우리"를 나눠 서로를 배제하는 논리로 삼을 위험이 농후하다. "당신의 시간과 나의 시간이/겹치는 곳"의 차이를 "상관없잖아요"라고 치부하거나(「혼자 앉아 있는 사람」) 서로 다른 "두 갈래의 오솔길"을 걸으며(「거울이 깨지고 그 틈에서 우리가 자랐다」) 왜곡된 적의로 상처를 내는 일은 '우리'를 더욱 가난하게 만든다. 이처럼 각자 다른 삶의 여정을 무시하고 배제의 용어로 전치되기도 하는 '우리'는 그 부조리함으로 말미암아 피학과 자학의 고통 속으로 존재를 내몬다.

그럼에도 우리는 '우리'를 포기할 수는 없다. "창 안과 창밖의 온도가 다른 데는/내 허약함 때문"이라는 시인의 표현처럼 우리는 "여름이라도 추운 사람이 있다는 걸 알"고(「당신은 앞에 서 있고 나는 뒤에서 자주 운다」) "서로 다른 세계"(「혼자 앉아 있는 사람」)를 사는 존재의 양태를 품음으로써 "우리는 좀 더 피 흘리"며 "조금씩 금이 가고 어떤 틈 속에서는 다행히도 무언가 자란다"는 (「거울이 깨지고 그 틈에서 우리가 자랐다」) 정념을 길어올릴 수 있는 존재이기 때문이다. 비록 그것이 "부러지지 않는 희망"은 되지 못하더라도 "빈곤을 메아리로 던져놓"고(「옥수수가 자란다」) 스스로를 기만하는 일로부터 '우리'를 구원할 것은 분명하다. '가깝고도 먼' 타자를 착취하기보다는 자신의 삶과 다른 이들의 삶을 이해하려는 지속적인 노력을 수행하는 것이야말로 이를 가

124

능케 할 것이다. 앙리 카르티에 브레송의 '결정적 순간'의 긴장보다 비비안 마이어의 일상적 순간의 건조함이 포착한 존재의 현존 그 자체처럼 말이다.

우수리의 간절과 돌파에의 의지

이를 평범한 일상의 기록이라고 할 수 있을지도 모르겠다. 그러나 이러한 기록을 온기와 포용의 감각으로 수행하는 조미희 시인의 눈에 비친 풍경은 쓸쓸하다. 아니, 스산하고 서늘하기까지 하다. 이는 "모래사장을 뒤지다 자신의 반짝이는 발톱"(「해변에 두고 왔다」) 하나를 발견하는 일처럼 무의미해 보이기도 하지만, "빌딩 뒤쪽"에서 "절뚝거리는 그림자 상처를 핥으며 컴컴한 굴속 제 보금자리, 깊고 고요함 안으로 몸을"(「서울특별시」) 뉘는 존재를 보듬는 데로 이어진다.

> 골목도 녹고 집도 녹아
> 눈사람의 행방 알 길 없다
> 어디에 떨어트렸나
> 눈, 코, 입
> 나를 키운 건 알고 보니 지지리 가난한 자본이었고
> 나를 버린 것은 한 달 치의 월급이네
>
> ―「눈사람」 부분

골리앗 크레인이 대량 노동을 들어 올리고

한순간 놓아버린다
노동 밑에 노동 또 그 밑에 노동자들
깔리고 뭉개지는 건 오직 노동하는 사람들의 상황일 뿐
미세먼지는 노동의 분쇄
기계들이 내뿜는 마모
가로수는 바쁘고
전광판은 수치를 계산하느라 미쳐간다
—「산책의 영역」 부분

시간당 최저임금과 향기로운 커피의 경제학과
계산기를 두드려도 나오지 않는 인생의 근삿값,
—「어려운 문제」 부분

　고층 빌딩의 빛으로 가려진 그늘의 깊이만큼이나 서늘한 세계의 풍경은 현대 도시의 자본주의를 사는 우리에게 그리 낯설지만은 않다. 이곳에서 우리는 자신을 갈아 넣어야만 겨우 생계를 유지할 수 있다. 자칫 눈 녹듯 자신을 잃고 더 나아가 "골목도 녹고 집도 녹아" 삶의 방편을 잃을 위기에 처하기도 한다. "시간당 최저임금"은 한 끼 밥값을 치르고 나면 "향기로운 커피"를 마실 만한 형편이 되지 못한다. 그러니 "나를 키운 건 알고 보니 지지리 가난한 자본이었고/나를 버린 것은 한 달 치의 월급"이라 자조하며 "계산기를 두드려도 나오지 않는 인생의 근삿값"으로 생활을 버틸 따름이다. 이에 저항하기 위해 노동자들은 굴뚝 위로 올라가 투쟁하기도 하지만, "골리앗 크레인이 대량 노동을 들어 올"렸다 "놓아버린" 자리에서 "전광판의 수치"로 계산되며 "노동의 분쇄"로 "마모"되거나 "깔리고 뭉개지"기만 한다. 빈곤의 악순환을 타개할 방안이 요원한 세계. 그곳에서 우리는 "세상에서 가장 무거운" "나약한 깃털들"을 단 채 "나는 시늉"(「눈꺼풀에 깃털을 다는 여자」)으로 스스로를 기만하며 삶의 무게가 주는 압박을 그저 견디기만 할 뿐이다. 찰나의 존재로 사라질 위기에 처한 '눈사람' 같은 우리에게 "근로계약서"를 "지우고" "투명하고 맑은 곳"의 오아시스 그 "야자수 그늘"(「물병 속의 오아시스」)을 소망하는 것은 그저 상상으로만 가능한 일이 된다. "태양조차 기간제 근로계약서를 쓰는"(「물병 속의 오아시스」) 자본주의 도시에서의 삶이란 "흔들림만 있고 형체는 없는 저 허공의 발자국들/뿌리가 자라지 않는" 잉여적 존재로 "길고 높은 벽을 견뎌야"(「담장 속의 아이들」) 하는 삶일 따름이다.

존재를 잉여로 만드는 저 사막화된 도시의 공간은 고립된 무덤과 같은 죽음의 장소가 되어 우리를 착취하기만 한다. "폭압과 폭력과 당파와 살인과 전쟁이 반목과 반목을 거듭"하는 혹독한 현실에서 "영원은 내가 확인할 수 없는 먼지 조각들"일 뿐이다(「이터널」). "이곳을 통과하려면 아주 미세한 몸이나/찢어진 틈이 필요해"지만 "세상의 잔류"(「방충망 너머」)일 뿐인 우리는 "끊임없이 두리번거리는 생쥐"(「검은 숲, 발랄한 생쥐」)처럼 불안을 생존 조건으로 삼은 채 보잘것없는 존재로 내몰린다. 자본주의 사회에서 "합산에서 밀려난 우수리들"(「어제의 기분과 오늘의 날씨」)이 되어버린 삶은 불가피한 것일까.

세 잎 클로버의 행복을 밟고 네 잎의 행운을 꿈꾸는 오류는
암전의 한낮처럼 끔찍한 풍경이지

…(중략)…

행복인테리어를 지나 행복세탁소를 지나 행복마트를 지나는
J는 생각한다 간판이 지나치게 직설적이라고, 행복이 인테리어
로 되겠는가, 깨끗하게 세탁을 해도 행복으로 가는 길은 늘 알바
생의 청소도구같이 구질구질하고 마트에선 행복을 살 수가 없
는데, 간판 모서리가 날카롭게 돌아 있다

오늘도 그들은 행복인테리어와 행복세탁소와 행복마트를 지
나 하늘의 별만큼 먼 행복을 좇으며 집으로 향한다 행복타운 301
호, 그래도 행복이 가장 오래 머무는 종점 정도는 되는 곳이다
—「행복을 찾아서」 부분

행복을 꿈꾸는 이들을 향한 시인의 신랄한 목소리가 들리
는 듯도 한 이 시를 읽으면 우리는 주변을 살피게 된다. '행복',
'에덴'과 같은 상호를 내면서 자영업자들은 자신의 꿈을 투영
했을 것이다. 그러나 이는 채울 수 없는 결핍을 드러낼 뿐이
다. "세 잎 클로버의 행복을 밟고 네 잎의 행운을 꿈꾸는 오류"
보다는 낫겠지만, 채울 수 없는 결핍은 상실감을 가중하며 빈
손을 여실히 감각하게 한다. 행복을 찾으려는 마음이 그 단어
에 깃댄 바람에 있는 것은 아닐 것이다. 그러나 그 간절이 우리
에게 말해주는 것을 모르는 이는 없다. 사실 누구나 다 "지나치

게 직설적"인 간판의 상호가 "하늘의 별만큼 먼 행복을" 가져다
줄 거라 기대하지는 않는다. 다만, 존재와 불화하는 세계 속에
서 스스로를 위무할 계기가 될 수는 있을 거라는 희망을 품는
것이다. 물론 이와 같은 말도 자조적이라고 할 수도 있다. 그러
나 조금 더 긍정적으로 보자면, 지독한 상실감에 매몰되어 고
통 속에 살기보다는 희미한 갈망으로나마 존재의 공허를 채우
려는 능동적 수행으로 전유될 가능성이 크다 할 수도 있겠다.
이는 "끝없는 노동으로 개간해야 할" 일일지도 모르나 희망을
추구하는 수행의 끝에서 도달할 수 없다고 생각하는 곳도 "종
종 우리 곁을 찾아오기"도 할 것이기 때문이다(「에덴의 동쪽」). 그
것은 세계를 뒤집을 만한 거대한 사건에 의해 비롯되는 것만
도 아님은 분명하다. "나무와 집들의 경계를 허물며 자"라는 삶
의 장소, "새들의 둥지에선 어미의 체온이 새끼를 키우고", "소
박한 지붕들이 사람을 만든다"는 것을 믿는 장소, 비록 "많은
것을 놓치고/소중한 것들을 떨어트리고 걸어가는 길"일지언정
"숟가락에 슬쩍 파랑새를 얹어주는 어머니"가 존재하는 장소
에서 구축하는 삶의 양태가 그것을 가능케 할 것이라고 시인
은 말하는 듯하다(「밥의 온도」). 조미희 시인의 이러한 시적 재현
의 수행 속에는 실현의 불가능성에 대한 시인의 건조한 통찰
과 그럼에도 불구하고 존재의 간절과 그들을 향한 애정을 바
탕으로 기어이 불가능을 돌파해내겠다는 뜨거운 의지가 공존
하는 것처럼 보인다.

희미한 빛을 어루만지다

가까이 있는 것을 잊고
멀리 있는 것을 그리워한다

지하철에서 어렵게 자리를 양보했다
노인이 사탕을 건넨다
내 안의 착한 사람은 어느 먼 시간의 골목 어귀에 버려졌나
내 안의 다정과 후안무치는 공존하고
하루를 건너는 다리 위에서 가끔 멍해진다
바퀴들이 자연을 즈려밟고 과속한다
어떤 것들은 저 바퀴를 붙잡고
반경이 넓어지고 생각들은 나에게서 멀어진다

나무와 바다와 작은 마당을 기억하기가 힘들다
뒤뜰의 채송화는 이제 보기 힘들다

엘리베이터의 편리함
헬스장의 땀방울을 예찬한다
가장 보편적인 사회라고 위로하며
길가엔 막대사탕 같은 나무가 즐비하다
저걸 그냥 빨아 먹고 앉아 있을 용기가 안 난다
뒤에서 자동차가 경적을 울리고
사람들이 몰려온다

내 선량한 시절은 어느 쓰레기통에 처박혀 있나
　　　　　　　　　　　　　　—「착한 사람은 어디 갔나」 전문

"엘리베이터의 편리함"과 "헬스장의 땀방울을 예찬"하는 "가장 보편적인 사회"는 "나무와 바다와 작은 마당", 그리고 "뒤뜰의 채송화"와 같은 자연적이고 소박한 것을 삭제한 자리에 인위적인 것들로 채워진 세계이다. 자본주의적 소비만이 마치 존재의 실재를 이루는 삶의 전부인 양 과잉의 정념으로 내모는 일로 우리를 기만하는 세계는 "가까이 있는 것을 잊고/멀리 있는 것을 그리워"하는 허위적 욕망, 강요된 결핍을 불러온다. 저 과장된 실재는 "내 안의 다정"을 무시하고 "후안무치"의 상태로 우리를 강제한다. 나아가 우리로 하여금 세계를 향한 하나의 현존을 은폐하고 세계의 욕망에 충실히 따르는 대상, 왜소한 타자로 전락하게 한다. 그로부터 벗어나기 위해 우리가 추구해야 하는 삶의 태도는 어렵더라도 노인에게 "자리를 양보"하는 사소함에 있다. 또한 "어느 먼 시간의 골목 어귀에 버려"진, "선량"을 되찾아 메마른 정신을 채우는 데 있다. 우리를 압도하는 세계에서 "허리를 펴면 굴러떨어지는 노동자의 등짐처럼" "고된 노동"(모를 것이다)에 내몰릴지언정 우리 안의 "선량"을 찾지 않으면 안 된다.

조미희 시인의 시가 "가난한 시"가 될 수 없는 이유는 "선량"을 찾는 수행이기 때문이다. "선량"은 선하고 어진 성품뿐만 아니라 무엇이 옳고 그른지를 판단하고 옳음을 실천하는 능력에 가깝다. 그런 점에서 자본주의 사회가 가난을 존재의 실체 값으로 만들어 삶을 고단하게 하여도 강제된 욕망에 복무하는 '우리'가 아닌 다양한, 지금 이곳의 현존을 포용하는 '우리'를 실천코자 하는 시인의 시는 결코 가난할 수가 없다. 마빈 하이퍼만이 비비안 마이어의 사진을 두고 "모순을 포용하고, 세상과 거리를 두는 동시에 가까워지고, 존재와 부재 사이에서 균형을 맞추는 능력이 고스란히 드러난다"[3]고 했던 것처럼 조미희 시인의 시 역시 세계가 강제하는 모순 속에서 다양한 '우리'의 양태를 포용하고 그 거리를 조절하는 한편, 존재와 부재 사이에서 균형을 맞춰 지금 이곳의 '우리'를 모색함으로써 앞으로 나아가도록 이끈다. 그 길이 비록 달이 파먹다 남긴 밤처럼 캄캄할지라도 조미희 시인을 따라 여기까지 온 우리는 "가장 보편적인 사회" 너머 "선량"한 개인의 평범한 일상이 구축할 '우리'의 희미한 빛을 어루만질 수 있을 것이다.

李秉國 | 시인, 문학평론가

---

3 마빈 하이퍼만, 앞의 글, 36쪽.